AF398906

Unter der Motorhaube des Herzens

Alisa Kevano

© 2023
likeletters Verlag
Inh. Martina Meister
Legesweg 10
63762 Großostheim
www.likeletters.de
info@likeletters.de

Autorin: Alisa Kevano
Bildquelle: Midjourney

ISBN: 9783946585602

Teilweise kam für dieses Buch künstliche Intelligenz zum Einsatz.

Inhaltsverzeichnis

Kapitel 1

Der Duft von Öl und Metall erfüllte die Luft der kleinen, aber lebhaften Werkstatt am Stadtrand. Erik, gekleidet in seine übliche Arbeitskleidung, voller Schmierflecken und mit einem Schraubenschlüssel in der Hand, war vertieft in die Arbeit an einem alten Mustang. Die Konzentration zeichnete sich in seinen Gesichtszügen ab, während er geschickt eine widerspenstige Schraube lockerte.

Herr Schmidt, ein älterer Mann mit grauem Haar, der immer ein nettes Wort für seine Angestellten übrig hatte, beobachtete Erik aus der Ferne. Er führte die Werkstatt seit über drei Jahrzehnten und war mehr als nur ein Chef. Er war ein Mentor, ein väterlicher Freund, der sein Leben den Autos und der Gemeinschaft gewidmet hatte. In seiner Jugend hatte er die Werkstatt von seinem eigenen Vater übernommen und sie zu einem lokalen Anlaufpunkt für Autoliebhaber gemacht. Trotz seines Alters war er immer noch täglich in der Werkstatt zu finden, wo er sein Wissen und seine Geschichten gerne teilte. Sein ruhiges, bedachtes Wesen und seine Fähigkeit, in schwierigen Zeiten Ruhe zu bewahren, hatten ihm den Respekt und die Zuneigung seiner Mitarbeiter eingebracht.

«Erik, du hast wirklich ein Händchen für Autos», rief er. Erik lächelte nur, dankbar für die Anerkennung seines Mentors.

Er erinnerte sich an seine Anfänge hier in der Werkstatt.

Der junge Erik, schmächtig und mit einer Mischung aus Neugier und Unsicherheit in den Augen, stand zögerlich in der Tür der alten Werkstatt. Die Werkzeuge an der Wand, die Autos auf den Hebebühnen – alles wirkte so groß und unerreichbar. Er hatte den Ort schon oft aus der Ferne betrachtet, aber nie den Mut gehabt, einzutreten. Bis heute. Herr Schmidt, der damals kräftiger und lebhafter wirkte, blickte vom Motor eines alten Ford auf.

«Kann ich dir helfen, mein Junge?», fragte er mit einer sanften Stimme, die trotz der rauen Umgebung der Werkstatt freundlich klang.

Erik schluckte.

«Ich… ich würde gerne etwas über Autos lernen», brachte er stotternd hervor, seine Stimme fast verloren im Lärm der Werkstatt.

Herr Schmidt legte sein Werkzeug beiseite und wischte sich die Hände an einem öligen Tuch ab.

«Und was weißt du schon über Autos, Junge?», fragte er, während er näher trat.

«Nicht viel», gestand Erik. «Mein Vater… er hat mir ein paar Dinge gezeigt. Aber er ist… er ist vor ein paar Wochen gestorben.»

Seine Stimme brach fast bei den letzten Worten.

Herr Schmidt nickte langsam, ein tieferes Verständnis zeichnete sich in seinen Augen ab. «Dein Vater war ein guter Mann. Ein geschickter Mechaniker. Ich habe ihn gekannt.»

Erik sah ihn überrascht an. «Sie kannten meinen Vater?»

«Ja, viele Jahre», antwortete Herr Schmidt. «Wir haben zusammen an einigen Projekten gearbeitet. Er hat mir von dir erzählt. Erik, richtig?»

«Ja, Sir», antwortete Erik, ein Gefühl der Verbundenheit erwachend.

In den folgenden Wochen fand Erik sich immer öfter in der Werkstatt wieder. Herr Schmidt nahm sich die Zeit, ihm die Grundlagen zu zeigen – wie man einen Motor auseinandernimmt, ein Getriebe überprüft, Bremsen wechselt. Aber es waren nicht nur die Fähigkeiten, die Erik lernte. Es waren die Geschichten, die Herr

Schmidt erzählte, die Weisheiten, die er teilte.

«Ein Auto», sagte Herr Schmidt eines Tages, während sie unter der Motorhaube eines alten VW standen, «ist wie das Leben. Es braucht Pflege, Aufmerksamkeit und manchmal eine gründliche Überholung.»

Erik hörte zu, saugte jedes Wort auf. Er begann, Herrn Schmidt nicht nur als Lehrer, sondern als Mentor zu sehen.

Mit der Zeit wuchs das Vertrauen zwischen ihnen. Erik öffnete sich über seine Ängste und Hoffnungen, und Herr Schmidt gab ihm Ratschläge, die über Autos hinausgingen – Lebensratschläge.

«Du hast das Zeug dazu, ein großartiger Mechaniker zu werden», sagte Herr Schmidt eines Tages. «Aber vergiss nie, dass das Wichtigste daran ist, wie du die Menschen behandelst, denen du hilfst. Das macht den Unterschied.»

Diese Worte prägten Erik tief. In der Werkstatt fand er nicht nur eine Leidenschaft für Autos, sondern auch eine Richtung für sein Leben.

Thomas, Eriks langjähriger Freund und Kollege, trat mit einem schiefen Grinsen zu ihm und riss ihn aus seinen Gedanken an die Vergangenheit. «Warte, bis du hörst, was Sophie heute Morgen gesagt hat», begann er, aber Erik winkte ab. «Später, Tom. Ich muss das hier fertig bekommen.»

Erik lehnte sich über den Motor des glänzenden Sportwagens und zog eine widerspenstige Schraube fest. Sein T-Shirt spannte sich um seine muskulösen Arme, während er konzentriert arbeitete. Eine Frau, Mitte dreißig, elegant gekleidet, beobachtete ihn von der Seite, ein amüsiertes Lächeln auf den Lippen.

«Sieht aus, als wären Sie nicht nur gut im Umgang mit Autos»,sagte sie. «Vielleicht könnten Sie mir auch außerhalb der Werkstatt behilflich sein?»

Erik richtete sich auf und wischte sich die Hände an einem Tuch ab. Er warf ihr ein charmantes Lächeln zu. «Nun, ich bin immer bereit, zu helfen, wo ich kann.»

Die Frau trat näher, ihr Parfüm mischte sich mit dem Geruch von Öl und Metall. «Vielleicht könnten Sie mich dann heute Abend bei einem… schwierigen Problem unterstützen?»

Erik erkannte das Spiel und spielte mit. «Klingt nach einer Herausforderung, die ich nicht ablehnen kann.» Sein Lächeln war selbstsicher, und ein Funken Abenteuer blitzte in seinen Augen auf.

Sie gab ihm ihre Visitenkarte. «Rufen Sie mich an, sobald Sie Feierabend haben.»

Als die Frau ging, betrachtete Erik die Visitenkarte nachdenklich. Er war es gewohnt, dass Frauen ihm Avancen machten. Obwohl er die Aufmerksamkeit genoss und oft genug darauf einging, hinterließ jede flüchtige Romanze eine wachsende Leere in ihm. Er fragte sich, ob er jemals mehr finden würde als nur kurzlebige Abenteuer.

Wenige Tage später fuhr ein glänzender, schwarzer Audi in die Werkstatt. Julian stieg aus, sein Aussehen so auffallend wie sein Fahrzeug – selbstbewusst, stilvoll, mit einem ansteckenden Lächeln. Erik spürte, wie sein Blick sich unwillkürlich auf Julian richtete.

«Guten Tag, ich habe ein Problem mit dem Getriebe», sagte Julian, als er auf Erik zuging. Ihre Blicke trafen sich, und für einen Moment schien die Zeit stillzustehen. Erik spürte eine unerklärliche Anziehung, die er schnell abschüttelte.

«Ich kümmere mich darum», antwortete Erik professionell, nahm den Autoschlüssel entgegen und notierte Julians Kontaktdaten.

Als Julian die Werkstatt verließ, fühlte Erik sich seltsam unruhig. Er schüttelte den Kopf, als wollte er den Gedanken an den attraktiven Fremden abschütteln, und konzentrierte sich wieder auf seine Arbeit.

Er legte sich wieder unter den Mustang, seine Hände routiniert mit dem Werkzeug hantierend, doch seine Gedanken kreisten um den selbstbewussten Fremden, der so unerwartet seinen Tag durchquert hatte. Was war es an diesem Julian, das ihn so gefangen nahm? Erik schüttelte leicht den Kopf und versuchte, sich auf die vertrauten Geräusche der Werkstatt zu konzentrieren – das Klirren von Metall, das Summen der Motoren, das gelegentliche Lachen seiner Kollegen.

Kapitel 2

Der Tag in der Call-Center-Agentur begann für Julian wie jeder andere. Umgeben von dem ständigen Summen von Stimmen und dem Klicken der Tastaturen, fand er seinen Platz in der lebhaften Atmosphäre des Großraumbüros.

Julian hatte schon immer eine lebhafte Fantasie. Als Kind verlor er sich stundenlang in Büchern und erfand eigene Geschichten. Seine Mutter, eine begeisterte Leserin, hatte ihm seine erste Bibliothekskarte geschenkt und ihn in die Welt der Literatur eingeführt. Diese frühen Erlebnisse legten den Grundstein für seinen Traum, Schriftsteller zu werden. Trotz seiner jetzigen Arbeit im Call-Center, die er als Mittel zum Zweck sah, verbrachte Julian jede freie Minute mit Schreiben. Sein Zimmer war vollgestopft mit Notizbüchern, in denen er die Anfänge unzähliger Geschichten festgehalten hatte.

Julian liebte seinen Job trotzdem, nicht unbedingt wegen der Arbeit selbst, sondern wegen der Menschen, mit denen er zusammenarbeitete.

Sara, Julians neugierige Arbeitskollegin, näherte sich seinem Schreibtisch mit einem breiten Grinsen. «Na, wie läuft's heute, Julian? Noch jemanden mit deinem Charme am Telefon verzaubert?»

Julian lachte.

«Du weißt doch, Charme ist mein zweiter Vorname.» Sein Lächeln verblasste jedoch ein wenig, als er an die Begegnung mit Erik dachte. Etwas an diesem Mechaniker hatte ihn tief beeindruckt. Es war mehr als nur körperliche Anziehung; es war die Authentizität, die Erik ausstrahlte.

In seiner Mittagspause saß Julian abseits der anderen, eines seiner Notizbücher auf seinem Schoß. Trotz des

Lärms um ihn herum vertiefte er sich in eine Welt der Fantasie, die er gerade erschuf. Sein Stift flog über das Papier, als er eine Szene in einer seiner Geschichten skizzierte. Es war ein kurzer, aber notwendiger Fluchtversuch aus der Monotonie seines Alltags. Seine Kollegen belächelten manchmal seine kreativen Bestrebungen, aber für Julian war das Schreiben ein Fenster zu einer Welt, in der alles möglich war.

Nachdenklich und immer noch von seinen Gefühlen für Julian abgelenkt, griff Erik am Ende des Tages zum Telefon. Er suchte nach einem plausiblen Grund, um Julian anzurufen, etwas, das beruflich klingen würde, aber ihm auch die Möglichkeit gäbe, die Verbindung wieder aufzunehmen.

Plötzlich kam ihm eine Idee. Er könnte Julian über einen kleinen, unerwarteten Befund am Auto informieren – nichts Besorgniserregendes, aber genug, um ein Gespräch zu beginnen. Mit diesem

Gedanken drückte Erik den Anrufknopf und hielt das Handy ans Ohr.

«Julian Schneider am Apparat, wie kann ich Ihnen helfen?» Julians Stimme erklang klar und freundlich durch das Telefon.

Erik schluckte kurz, um seine Nervosität zu beruhigen. «Hallo, Julian, hier ist Erik von der Werkstatt. Ich wollte Sie über Ihren Wagen informieren. Wir haben ein kleines Problem mit dem Auspuffsystem festgestellt. Es ist nichts Dringendes, aber ich dachte, ich sollte Sie informieren.»

Julian antwortete nach einer kurzen Pause. «Oh, das ist gut zu wissen. Danke, dass Sie mich auf dem Laufenden halten. Ist es etwas, das sofort behoben werden muss?»

«Es ist nicht dringend, aber ich würde empfehlen, es bald machen zu lassen. Ich wollte nur sichergehen, dass Sie Bescheid wissen», erklärte Erik, seine Stimme fester als er erwartet hatte.

«Danke, Erik. Ich schätze Ihre Sorgfalt. Wann denken Sie, wird das Auto fertig sein?»

Erik spürte, wie sich ein Lächeln auf seinem Gesicht bildete. «Wir sollten es bis Ende der Woche fertig haben. Ich rufe Sie an, sobald es bereit ist.»

«Das klingt großartig. Vielen Dank nochmal, Erik.»

Nachdem sie sich verabschiedet hatten, legte Erik auf und atmete tief durch. Was war das jetzt für eine Aktion von ihm? Er wusste selbst nicht genau, was das zu bedeuten hatte.

Erik saß nachdenklich auf der Werkbank, seine Augen verloren in den unzähligen Werkzeugen, die an der Wand hingen. Seine Gedanken kreisten unablässig um Julian und die unerwarteten Gefühle, die dieser in ihm geweckt hatte. Er fühlte sich verwirrt, sein bisheriges Selbstbild ins Wanken geraten.

Um sich Klarheit zu verschaffen, entschied er sich, seine Schwester Anna anzurufen. Anna war mehr als nur seine jüngere Schwester; sie war seine engste Vertraute, jemand, der ihn ohne Vorurteile verstand.

«Anna, ich muss mit dir reden», begann Erik zögerlich, als sie abnahm.

«Was ist los, Erik? Du klingst besorgt», erwiderte Anna, ihre Stimme von warmer Besorgnis geprägt.

«Es geht um jemanden… einen Kunden in der Werkstatt. Ich… ich glaube, ich fühle mich zu ihm hingezogen», gestand Erik mit einer Mischung aus Verwirrung und Vorsicht.

Am anderen Ende der Leitung herrschte einen Moment lang Stille, bevor Anna sanft antwortete: «Und das beunruhigt dich?»

«Ja, weil… er ist ein Mann», offenbarte Erik. Er konnte fast hören, wie Anna nickte, ihr Verständnis durch das Telefon spürbar.

«Erik, es ist in Ordnung, Gefühle zu haben, egal für wen. Wichtig ist, dass du ehrlich zu dir selbst bist», ermutigte sie ihn.

Ihr Gespräch war lang und tiefgründig, gefüllt mit Eriks Ängsten und Annas beruhigenden Worten. Sie erinnerte ihn daran, dass es keine Eile gab, sich selbst zu definieren oder Etiketten anzunehmen.

«Nimm dir Zeit, Erik. Erforsche deine Gefühle, ohne Druck», riet sie ihm. «Mein Flug geht morgen, ich werde eine Weile nicht erreichbar sein. Aber denk an meine Worte, Liebe geht manchmal seltsame Wege, und doch führt sie dich zum Glück.»

Anna war als Ärztin häufig in Afrika unterwegs und dort nicht immer erreichbar. Erik war froh, dass er noch vor ihrem Abflug mit ihr sprechen konnte.

Nach dem Telefonat fühlte sich Erik etwas leichter, aber immer noch unsicher.

Er beschloss, noch etwas in der Werkstatt zu bleiben, um seine Gedanken zu ordnen.

Erik lehnte an seinem Wagen und ließ seinen Blick über die leere Werkstatt schweifen. Vor wenigen Tagen hatte er eine Nacht mit einer Frau verbracht, die er in einer Bar kennengelernt hatte. Es war eine Nacht voller Lachen und Leidenschaft gewesen, doch als der Morgen kam, fühlte er sich seltsam unerfüllt. Während sie neben ihm schlief, war er aufgestanden, hatte sich angezogen und war ohne ein weiteres Wort gegangen.

Auf dem Weg zur Arbeit hatte er über die Leere nachgedacht, die sich in ihm ausbreitete. Es waren immer die gleichen flüchtigen Begegnungen, die gleichen oberflächlichen Gespräche. Wo war die Tiefe, die echte Verbindung, die er sich irgendwo tief in seinem Inneren sehnte?

Kurz darauf betrat Sophie die Werkstatt, um einige Unterlagen abzugeben. Sie war Azubi im Büro im letzten Lehrjahr. Sophie warf Erik einen langen, prüfenden Blick zu, bevor sie mit einem schiefen Lächeln fragte: «Alles in Ordnung bei dir? Du siehst nachdenklich aus.»

Erik zwang sich zu einem Lächeln. «Ach, nur ein langer Tag.»

Sophie trat näher, ihr Blick neugierig und durchdringend. «Weißt du, wenn du jemanden zum Reden brauchst… ich bin da.» Sie legte ihre Hand leicht auf seinen Arm und streichelte ihn sanft.

Erik spürte eine Mischung aus Dankbarkeit und Unbehagen. «Danke, Sophie, das ist nett von dir», antwortete er, während er sich sanft aus ihrer Berührung löste.

Nachdem Sophie gegangen war, saß Erik allein in der stillen Werkstatt. Die Gespräche des Tages hallten in seinem Kopf nach. Annas Worte hatten ihm Trost gespendet, aber Sophies Flirten hatte seine Verwirrung nur verstärkt.

Er lehnte sich zurück und schloss die Augen, die Dunkelheit der Werkstatt umhüllte ihn wie ein ruhiger Kokon. In diesem Moment der Stille begann Erik, seine Gefühle zu entwirren. Die Anziehung zu Julian, die komplizierte Dynamik mit Sophie, sein bisheriges Verständnis seiner selbst – all das schien sich in einem komplexen Geflecht zu verbinden.

Die Nacht zog sich hin, und Erik verbrachte Stunden damit, einfach nur da zu sitzen und nachzudenken.

Kapitel 3

Julian saß in der gemütlichen Küche seiner Wohnung, gegenüber von Lena, seiner besten Freundin und Mitbewohnerin. Die Morgensonne warf ein warmes Licht durch das Fenster und beleuchtete die kunstvollen Pflanzen und farbenfrohen Gemälde, die Lenas künstlerische Seele widerspiegelten.

«Also, erzähl mir mehr über diesen Erik», forderte Lena mit einem verschmitzten Lächeln auf.

Julian rührte nachdenklich in seinem Kaffee. «Es gibt nicht viel zu erzählen. Er ist der Mechaniker, der mein Auto repariert. Aber…» Julian hielt inne, unsicher, wie er seine verwirrten Gefühle in Worte fassen sollte.

Lena beugte sich vor, ihre Augen funkelten vor Neugier. «Aber…? Komm schon, ich sehe, da ist mehr.»

«Es ist nur… als ich ihn das erste Mal traf, spürte ich sofort eine Verbindung. Es gibt etwas an ihm, das mich fasziniert», gab Julian zu, seine Stimme leise.

Lena lächelte aufmunternd. «Das klingt doch spannend! Warum planst du nicht, ihn wiederzusehen?»

«Ich weiß nicht, Lena. Ich bin mir nicht sicher, ob er… na ja, ob er überhaupt interessiert ist. Und dann ist da noch seine Sexualität. Ich glaube, er ist hetero.»

Lena winkte ab. «Julian, du hast schon schwierigere Situationen gemeistert. Warum nicht einfach sehen, wohin es führt? Vielleicht braucht er nur einen kleinen Schubs.»

Julian nickte nachdenklich. Lena hatte einen Punkt. Vielleicht war es an der Zeit, ein kleines Risiko einzugehen.

Später am Tag, in der Mittagspause seines Call-Center-Jobs, teilte Julian seine Gedanken mit Sara. Sie saßen in einem belebten Café, umgeben von der Hektik der Mittagszeit.

«Ich denke darüber nach, ihn wiederzusehen. Nur um zu schauen, ob da wirklich etwas ist», vertraute Julian Sara an, während er an seinem Sandwich knabberte.

Sara lehnte sich zurück und sah ihn prüfend an. «Hört sich nach einer guten Idee an. Aber sei vorsichtig, Julian. Du weißt, wie kompliziert solche Dinge werden können.»

«Ich weiß», antwortete Julian. «Aber irgendwie… kann ich nicht aufhören, an ihn zu denken.»

Sara nickte verständnisvoll. «Dann folge deinem Herzen, aber behalte deinen Kopf dabei.»

Als Julian später am Abend nach Hause kam, war sein Entschluss gefestigt. Er würde die Werkstatt am nächsten Tag wieder aufsuchen. Vielleicht konnte er unter dem Vorwand, nach seinem Auto zu schauen, Erik wiedersehen und herausfinden, ob die Verbindung, die er gespürt hatte, beidseitig war.

Er ging ins Bett, doch seine Gedanken kreisten weiter um Erik. Es war ein seltenes Gefühl, diese Mischung aus Aufregung und Unsicherheit, die Julian in seinem sonst so selbstsicheren Leben nicht oft erlebte. Doch er war bereit, herauszufinden, was diese Gefühle bedeuteten.

Julian betrat die Werkstatt mit einem Gefühl der Vorfreude, gemischt mit einer Spur Nervosität. Er hatte sich vorgenommen, Erik wiederzusehen, um herauszufinden, ob die Verbindung, die er bei ihrem ersten Treffen gespürt hatte, mehr als nur Einbildung war.

Die Werkstatt war erfüllt von den typischen Geräuschen – dem Klirren von Werkzeugen, dem Summen von Motoren und dem gelegentlichen Ruf eines Mechanikers. Erik stand unter einem Auto, konzentriert auf seine Arbeit. Er blickte auf, als Julian eintrat, und für einen Moment schienen beide Männer die Welt um sich herum zu vergessen.

«Hallo, Erik», grüßte Julian mit einem selbstsicheren Lächeln. «Ich wollte nach meinem Auto sehen. Wie läuft's?»

Erik wischte sich die Hände an einem Tuch ab und trat auf Julian zu. «Ah, Julian. Ja, Ihr Auto. Wir sind fast fertig. Es gab ein paar kleinere Probleme, aber nichts Ernsthaftes.»

Während sie sprachen, spürte Erik, wie seine anfängliche Nervosität einer seltsamen Ruhe wich. Julian hatte eine Art, die ihn entspannen ließ. Ihre Gespräche waren einfach und unbeschwert, und Erik fand sich in einem Lächeln wieder, das er nicht unterdrücken konnte.

«Das klingt gut. Ich vertraue darauf, dass es in guten Händen ist», erwiderte Julian, seine Augen nicht von Erik weichend.

«Ja, natürlich. Wir kümmern uns gut darum.»

Während sie sprachen, fanden sie sich in einer Diskussion über Autos, Musik und alltägliche Dinge wieder. Julian schien ein natürliches Talent dafür zu haben, ein Gespräch am Laufen zu halten, und Erik fand sich zunehmend in Julians Charme gefangen.

«Du scheinst dich wirklich mit Autos auszukennen», bemerkte Julian, während er eine Pause machte, um sich ein älteres Modell anzuschauen, das in der Ecke der Werkstatt stand. Sie waren nach einer Weile automatisch dazu übergegangen, einander zu duzen.

«Ja, Autos waren schon immer meine Leidenschaft», antwortete Erik, ihm folgend. «Jedes Auto hat seine eigene Geschichte, weißt du?»

Julian lächelte. «Ich wusste nicht, dass Mechaniker so poetisch sein können.»

Erik lachte leise, ein Klang, der ihm selbst fremd erschien. «Nun, man lernt nie aus.»

Als es Zeit für Julian war zu gehen, verabschiedeten sie sich mit einem Handschlag, der länger als üblich dauerte. Erik spürte, wie Julians Hand die seine festhielt, ein Moment, der gleichzeitig flüchtig und ewig schien.

Nachdem Julian gegangen war, stand Erik noch einen Moment lang da, sein Herz pochte in seiner Brust. Er war sich seiner Gefühle immer noch nicht sicher, aber eines wusste er – dieses Treffen hatte etwas in ihm verändert.

Erik lehnte sich an einen Werkstatttisch und ließ den Blick durch den Raum schweifen. Die Begegnung mit Julian hatte eine Reihe von Emotionen in ihm ausgelöst, die er nicht so einfach abschütteln konnte. Er fühlte sich gleichzeitig verwirrt und erregt, unsicher, was diese neuen Gefühle für seine Zukunft bedeuteten.

Als die Werkstatt sich leerte und die Stille des Feierabends eintrat, war Erik zwar konzentriert auf seine Arbeit, aber immer noch in Gedanken versunken. Julians Lächeln, seine Stimme, die Berührung ihrer Hände – all das hallte in seinem Kopf nach. Es war klar, dass dieser Tag mehr als nur ein weiteres Kapitel in seinem Leben markierte; es war der Beginn einer Reise, einer Reise zur Entdeckung seiner eigenen Identität und Wünsche.

Erik lehnte sich gegen die kühle Metallwand der Werkstatt, seine Gedanken immer noch bei Julians Besuch. Er war verwirrt, ja fast überwältigt von der Flut an Emotionen, die Julian in ihm ausgelöst hatte. Er brauchte einen Rat, jemanden, der zuhörte, vielleicht sogar verstand. Und da fiel ihm Thomas ein.

Thomas war in der Ecke der Werkstatt beschäftigt, konzentriert auf einen komplizierten Motor. Erik trat zögerlich auf ihn zu. «Hey, Tom, hast du einen Moment?»

Thomas blickte auf, sein Gesicht entspannte sich in ein Lächeln. «Klar, was ist los?»

Die beiden Männer setzten sich in eine ruhige Ecke. Erik atmete tief durch, suchte nach den richtigen Worten. «Es geht um Julian, den Kunden... Ich glaube, ich fühle etwas für ihn.»

Thomas' Augen weiteten sich überrascht. «Julian? Der Typ, der letztens hier war? Warte... meinst du das ernst?»

Erik nickte, sein Blick fest auf den Boden gerichtet. «Ja, ich... ich weiß, es klingt verrückt. Ich verstehe es selbst nicht ganz. Aber ich kann es nicht leugnen, ich fühle mich zu ihm hingezogen.»

Für einen Moment herrschte Stille. Thomas schien nach Worten zu suchen, seine Stirn in Falten gelegt. «Erik, das ist... unerwartet. Aber du weißt, ich stehe hinter dir, egal was ist.»

Erik sah auf, ein Hauch von Dankbarkeit in seinen Augen. «Danke, Tom. Ich weiß, es ist nicht einfach. Ich bin selbst total durcheinander.»

Thomas rieb sich nachdenklich das Kinn. «Hast du schon mit ihm darüber gesprochen? Weiß er, wie du fühlst?»

«Nein, noch nicht. Ich bin mir nicht mal sicher, was ich fühlen soll. Ich… ich habe Angst, Tom.»

«Angst? Wovor?», fragte Thomas, seine Stimme von echter Besorgnis geprägt.

«Davor, was das alles bedeutet. Für mein Leben, meine Identität…», erklärte Erik mit zittriger Stimme.

Thomas legte ihm eine Hand auf die Schulter. «Hör zu, Erik. Du bist mein Freund, egal was passiert. Wir finden das gemeinsam raus, okay? Heutzutage ist das doch alles einfacher also noch vor ein paar Jahren. Mach dir nicht so viele Sorgen.»

Erik nickte, ein Gefühl der Erleichterung durchströmte ihn. Thomas'

Akzeptanz bedeutete ihm mehr, als er zugeben wollte.

Thomas, der in der Werkstatt nicht nur als Kollege, sondern auch als Eriks langjähriger Freund galt, hatte seine eigenen Kämpfe und Träume. Aufgewachsen in einer Familie, die wenig Verständnis für seine Leidenschaft für Autos hatte, hatte er sich durch harte Arbeit und Entschlossenheit einen Namen als Mechaniker gemacht. Er war ein unersetzlicher Teil der Werkstatt, bekannt für sein technisches Geschick und seinen trockenen Humor.

Später am Tag kam Herr Schmidt zu Erik. «Erik, wir müssen reden. Es sieht nicht gut aus für die Werkstatt.»

Erik hörte aufmerksam zu, als Herr Schmidt von finanziellen Problemen und einer drohenden Übernahme erzählte. «Wir könnten alles verlieren, Erik. Ich weiß nicht, wie wir das aufhalten können.»

Nach dem Gespräch saß Erik allein in seinem Zimmer, die Worte von Herrn Schmidt hallten in seinem Kopf nach. Die Werkstatt war mehr als nur ein Job für ihn, es war ein Teil seines Lebens. Er musste einen Weg finden, zu helfen, auch wenn er nicht wusste, wie.

Als Erik ein Junge war, verbrachte er unzählige Stunden in der Garage seines Vaters, umgeben von alten Autoteilen und dem Geruch von Motoröl. Sein Vater, ein erfahrener Mechaniker, hatte ihm die Liebe zu Autos vermittelt. Diese frühen Erfahrungen prägten Eriks Leidenschaft für Mechanik. Er erinnerte sich an die späten Abende, an denen er und sein Vater unter der Motorhaube alter Wagen gearbeitet hatten, während seine Mutter in der Küche das Abendessen vorbereitete.

Nach dem plötzlichen Tod seines Vaters fühlte sich Erik verloren, bis er Herrn Schmidts Werkstatt entdeckte, die ihm ein Gefühl von Zugehörigkeit und Zweck gab.

Und dann waren da noch seine Gefühle für Julian. Es war, als würde er auf zwei Fronten kämpfen – eine um die Werkstatt und die andere um sein eigenes Herz. Er wusste, dass er sich beiden stellen musste, aber der Weg vor ihm schien ungewiss und voller Herausforderungen.

Erik lag wach in seinem Bett, die Gedanken wirbelten durch seinen Kopf. Thomas' Worte der Unterstützung, die drohende Gefahr für die Werkstatt und die unerklärlichen Gefühle für Julian – all das warf Fragen auf, auf die er noch keine Antworten hatte. Aber eines wusste er: Er konnte nicht mehr zurück. Es war an der Zeit, sich den Herausforderungen zu stellen.

Kapitel 4

Julian saß an seinem Schreibtisch im Call-Center, die letzten Anrufe des Tages abwickelnd. Seine Gedanken waren jedoch nicht bei der Arbeit, sondern bei dem bevorstehenden Abend. Er hatte beschlossen, Erik in den Biergarten einzuladen, eine Idee, die ihm Lena enthusiastisch ans Herz gelegt hatte.

«Ein Biergarten ist perfekt für ein erstes, lockeres Treffen», hatte Lena gesagt. «Es ist entspannt, öffentlich und unverbindlich.»

Julian nickte bei dem Gedanken. Ja, es war die perfekte Umgebung. Aber jetzt, da der Moment näher rückte, fühlte er sich zunehmend nervös. Was, wenn Erik ablehnte? Oder noch schlimmer, was, wenn er kam und es wurde peinlich?

Als Julian seinen Arbeitsplatz verließ, zog er sein Handy heraus und tippte eine Nachricht an Erik. Er hielt kurz inne, überlegte, wie er es formulieren sollte. Schließlich schrieb er:

«Hey Erik, ich hoffe, es geht dir gut. Ich dachte, es könnte nett sein, sich bei diesem schönen Wetter mal außerhalb der Werkstatt zu treffen. Hast du Lust, heute Abend auf ein Bier in den ‚Alten Eichen' Biergarten zu kommen? Kein Druck, nur ein entspannter Abend. Lass es mich wissen, Julian.»

Nachdem er die Nachricht abgeschickt hatte, spürte Julian ein Kribbeln der Erwartung. Er machte sich auf den Weg nach Hause, um sich umzuziehen und für den Abend vorzubereiten.

An jenem Tag in der Werkstatt, kurz bevor Erik Julian seine Antwort schickte, betrachtete er nachdenklich das Bild einer Frau auf seinem Handy – eine weitere Nummer, ein weiterer flüchtiger Flirt. Es war ein Spiel, das er so gut beherrschte, doch jetzt erschien es ihm leer und bedeutungslos.

Er erinnerte sich an ihre Worte am Vorabend, voller Versprechen und Verführung, doch er hatte höflich abgelehnt. Noch vor ein paar Monaten hätte er sich auf ein solches Abenteuer eingelassen, doch jetzt fühlte er eine seltsame Distanz zu diesen flüchtigen Beziehungen. Seine Gedanken wanderten zu Julian, einem Mann, der ohne es zu versuchen, sein Interesse geweckt hatte – ein Gefühl, das weit über körperliche Anziehung hinausging.

Der ‚Alte Eichen' Biergarten war ein beliebter Treffpunkt in der Stadt, bekannt für seine gemütliche Atmosphäre und das gute Bier. Julian traf früh ein, suchte sich einen Tisch unter den alten Eichen und bestellte ein Bier. Die Sonne stand noch hoch am Himmel, ein perfekter Sommerabend.

Während er wartete, spielten seine Gedanken alle möglichen Szenarien

durch. Was würde er sagen? Wie würde Erik reagieren? Sein Blick wanderte immer wieder zur Eingangstür.
Schließlich sah er Erik eintreten. Er trug eine lässige Jeans und ein einfaches T-Shirt, das seine Statur betonte. Julian spürte, wie sein Herz schneller schlug.
Erik sah sich um, bis seine Augen auf Julian trafen. Ein Lächeln breitete sich auf seinem Gesicht aus, während er auf Julian zuging. «Hey», begrüßte Erik ihn, sichtlich erleichtert, ihn zu finden.
«Hey», erwiderte Julian, sein Lächeln ebenso breit. «Schön, dass du gekommen bist.»
Auch Erik bestellte sich ein Bier.
Julian lehnte sich zurück, sein Blick auf Erik gerichtet. «Erzähl mir, wie bist du eigentlich Mechaniker geworden? War das schon immer dein Traum?»
Erik nahm einen Schluck von seinem Bier und lächelte. «Eigentlich ja. Schon als Kind habe ich mit meinem Vater an

alten Autos geschraubt. Es gab für mich nie wirklich eine andere Option.»

«Das klingt, als hättest du deine Leidenschaft früh gefunden», bemerkte Julian. «Ich muss zugeben, ich beneide Leute, die so klar wissen, was sie wollen.»

Erik sah ihn interessiert an. «Und wie sieht es bei dir aus? War Call-Center-Agent immer dein Traumjob?»

Julian lachte. «Oh, weit entfernt. Aber es zahlt die Rechnungen und ich mag die Leute, mit denen ich arbeite. Mein wirklicher Traum ist es, irgendwann als Autor erfolgreich zu sein.»

«Ein Schriftsteller, huh? Das ist ziemlich cool. Was für Geschichten schreibst du?», fragte Erik, sichtlich beeindruckt.

«Hauptsächlich Fantasy und Science-Fiction. Ich liebe es, Welten zu erschaffen, in denen alles möglich ist», erwiderte Julian mit einem Funkeln in den Augen.

Erik nickte anerkennend. «Das klingt spannend. Ich muss zugeben, ich habe schon immer eine Schwäche für gute Science-Fiction gehabt.»

«Wirklich? Das hätte ich jetzt nicht erwartet», sagte Julian überrascht.

«Ja, es gibt etwas Faszinierendes daran, sich vorzustellen, was sein könnte», gestand Erik. «Ich finde, es eröffnet einem eine ganz neue Perspektive auf die Welt.»

Das Gespräch entwickelte sich weiter, als sie über ihre Lieblingsbücher und Filme sprachen, über Hobbys und Musik. Es war ein einfaches, fließendes Gespräch, bei dem sie immer mehr Gemeinsamkeiten entdeckten.

«Weißt du», begann Julian nach einer Weile, «ich habe das Gefühl, dass wir uns schon viel länger kennen, als es tatsächlich der Fall ist.»

Erik sah ihm direkt in die Augen. «Ja, das Gefühl habe ich auch. Es ist selten, jemanden zu treffen, mit dem man so leicht reden kann.»

Als es Zeit wurde zu gehen, zögerten beide. «Das war ein schöner Abend», sagte Erik schließlich, sein Blick fest auf Julian gerichtet.

«Ja, das war es», stimmte Julian zu, nicht in der Lage, sein Lächeln zu verbergen. «Wir sollten das wiederholen.»

Mit einem letzten Blick und einem «Bis bald» trennten sich ihre Wege. Julian ging nach Hause, ein Gefühl der Zufriedenheit in seinem Herzen. Dieser Abend hatte alles verändert. Er war sich jetzt sicher, dass das, was er für Erik empfand, real und tief war.

Erik saß allein in der Werkstatt, die Stille der Nacht um ihn herum. Seine Gedanken kreisten immer wieder um das Treffen mit Julian. Er konnte nicht leugnen, dass er sich zu Julian hingezogen fühlte, eine Anziehung, die weit über bloße Freundschaft hinausging. Er griff nach seinem Handy und tippte eine Nachricht an Anna. Er brauchte ihre Einsichten und ihren Rat.

«Hey, kannst du reden? Ich brauche einen Rat», schrieb er.

Kurz darauf klingelte sein Handy. «Du hast Glück, ich bin gerade in einer Gegend mit Empfang. Also, was ist los?», antwortete Anna.

Erik zögerte keinen Moment und rief sie an. Sobald sie abnahm, begann er zu sprechen. «Anna, ich… ich kann nicht aufhören, an Julian zu denken. Es fühlt sich so echt an, aber ich bin total verwirrt.»

«Erik, es ist okay, verwirrt zu sein», sagte Anna sanft. «Gefühle sind kompliziert. Aber es ist wichtig, dass du ihnen Raum gibst. Hast du darüber nachgedacht, Julian zu erzählen, wie du dich fühlst?»

«Ich weiß nicht», antwortete Erik. «Ich habe Angst davor, was das alles bedeutet. Was, wenn ich mich irre? Was, wenn ich alles verkompliziere?»

«Erik, manchmal muss man ein Risiko eingehen, um wahrhaft glücklich zu sein», ermutigte Anna ihn. «Und denk daran, egal was passiert, du wirst dadurch wachsen. Vielleicht ist es an der Zeit, ehrlich zu dir und zu ihm zu sein. Es tut mir leid, ich muss zu meinem nächsten Patienten.»

Ihre Worte hallten in Eriks Gedanken nach. Es war, als ob ein Schalter umgelegt worden wäre. Vielleicht hatte Anna recht. Vielleicht musste er sich seinen Gefühlen stellen, um vorwärtszukommen.

Am nächsten Tag verschlimmerten sich die Nachrichten über die finanzielle Lage der Werkstatt. Herr Schmidt rief Erik erneut zu sich. «Wir haben nur noch wenige Monate, wenn wir nicht schnell eine Lösung finden», sagte er mit besorgter Stimme.

Erik fühlte, wie der Druck wuchs. Die Werkstatt war sein Leben, seine zweite

Familie. Der Gedanke, alles zu verlieren, lastete schwer auf ihm.

Am Abend saß Erik wieder allein in der
Werkstatt, umgeben von der Stille und
den Schatten der Maschinen. Sein Herz
zog ihn in die eine Richtung, zu Julian,
zu etwas Neuem und Aufregendem.
Aber sein Verstand war fest verwurzelt
in der Werkstatt, in der Verantwortung,
die er fühlte.

Kapitel 5

Julian saß in seinem Zimmer, umgeben von den lebendigen Farben seiner Kunstwerke und den Bücherstapeln, die seine Leidenschaft für Fantasy und Science-Fiction widerspiegelten. Seine Gedanken kreisten um Erik und das, was zwischen ihnen zu wachsen schien. Er wollte diesen Funken weiter entfachen, tiefer in die Verbindung eintauchen, die sie begonnen hatten zu knüpfen.

Er griff nach seinem Handy, entschlossen, einen Schritt zu wagen. «Ein Tagesausflug», murmelte er vor sich hin. «Ja, das könnte perfekt sein.»

Er tippte eine Nachricht: «Hey Erik, hast du Lust auf einen Ausflug dieses Wochenende? Vielleicht eine Wanderung oder ein Picknick in der Natur? Würde mich freuen, dich außerhalb der Werkstatt zu sehen. Julian.»

Nachdem die Nachricht gesendet war, legte Julian das Handy beiseite und lehnte sich zurück. Er fühlte sich aufgeregt, aber auch ein wenig unsicher. Wie würde Erik reagieren?

«Julian, du wirkst verträumt», bemerkte Lena, als sie später in einem Café saßen. «Was geht in deinem Kopf vor?»

Julian lächelte und erzählte ihr von seiner Idee, Erik zu einem Tagesausflug einzuladen. «Ich weiß nicht, Lena. Ich hoffe, ich gehe das nicht zu schnell an.»

Lena legte ihre Hand auf seine. «Du machst das genau richtig. Es ist nur ein Ausflug, eine Gelegenheit, euch besser kennenzulernen. Und wer weiß, vielleicht wird es ein wunderbarer Tag.»

Ihre Worte beruhigten Julian. Er wusste, dass Lena Recht hatte. Es war eine Gelegenheit, eine Chance, etwas Neues zu erleben.

Zurück in seinem Zimmer, überprüfte Julian sein Handy. Eine Nachricht von

Erik war eingetroffen: «Klingt nach einer tollen Idee. Lass uns das machen. Erik.»

Ein Lächeln breitete sich auf Julians Gesicht aus. Die Vorfreude stieg in ihm auf. Er begann, Pläne für den Ausflug zu schmieden – einen Ort auszuwählen, Essen vorzubereiten, alles, was sie für einen Tag in der Natur brauchen würden.

Die Nacht vor dem Ausflug lag Julian wach, seine Gedanken sprangen von der Vorfreude auf den nächsten Tag zu den Möglichkeiten, die vor ihnen lagen. Es war, als ob ein neues Kapitel in seinem Leben begonnen hatte, ein Kapitel, das er kaum erwarten konnte, zu erleben.

Der Morgen war klar und sonnig, als Julian Erik vor seiner Wohnung abholte. Erik stieg in Julians Auto, ein wenig nervös, aber voller Vorfreude auf den Tag. «Schön, dich zu sehen», begrüßte Julian ihn mit einem warmen Lächeln.

«Ebenso», erwiderte Erik, während sie losfuhren.

Die Fahrt zum Naturpark war geprägt von leichter Konversation und gelegentlichem Lachen. Julian erzählte von einigen seiner liebsten Wanderungen, während Erik interessiert zuhörte und gelegentlich eigene Anekdoten beisteuerte.

Als sie den Park erreichten, atmeten beide die frische Luft ein und machten sich auf den Wanderweg. Umgeben von der Schönheit der Natur, fiel es Erik leichter, sich zu entspannen und die Gesellschaft Julians zu genießen.

Erik dachte an die Frauen, die er in letzter Zeit getroffen hatte. Es gab immer ein Lächeln, einen Flirt, manchmal ein Date, aber nichts fühlte sich mehr richtig an. Die Unterhaltungen, die früher erregend und aufregend waren, erschienen ihm nun oberflächlich und leer. Er spürte, wie er sich von diesem Lebensstil entfernte, angezogen von einer tieferen, bedeutungsvolleren Verbindung, wie er sie mit Julian zu erleben begann.

«Ich komme nicht oft genug raus», gestand Erik, als sie einen Waldpfad entlanggingen. «Die Ruhe hier ist… erfrischend.»

Julian nickte zustimmend. «Es gibt etwas Beruhigendes an der Natur, findest du nicht auch? Wie sie uns daran erinnert, dass es mehr im Leben gibt als den täglichen Trubel.»

Erik sah ihn an und spürte, wie seine Anspannung nachließ. «Ja, das stimmt. Manchmal vergesse ich das.»

Sie erreichten einen Aussichtspunkt, der einen atemberaubenden Blick auf das Tal bot. Während sie dort standen, teilten sie einen Moment der Stille, einfach nur die Aussicht genießend.

«Du weißt, was ich an dir mag, Erik?», brach Julian schließlich die Stille. «Du bist echt. Bei dir fühlt sich alles so unkompliziert und authentisch an.»

Erik drehte sich zu ihm, überrascht und geschmeichelt zugleich. «Danke, Julian. Ich könnte dasselbe über dich sagen. Du bringst eine Art Leichtigkeit mit, die ich bewundere.»

Das Gespräch floss weiter, als sie zum Picknickplatz wanderten. Sie redeten über alles Mögliche – von lustigen Kindheitserinnerungen bis zu ihren Träumen und Hoffnungen. Erik fand sich immer mehr in Julians Gesellschaft entspannt und öffnete sich über seine Leidenschaft für Autos und seine Liebe zur Werkstatt.

Während des Picknicks saßen sie auf einer Decke, umgeben von der friedlichen Stille des Parks. Julian teilte Geschichten über seine Schreibprojekte, während Erik fasziniert zuhörte und ermutigende Worte fand.

Als der Tag zu Ende ging und sie sich auf den Rückweg machten, fühlte Erik sich emotional erfüllt, aber auch verwirrt. Die Zeit mit Julian hatte so viele neue Gefühle und Gedanken geweckt. Er war sich seiner Gefühle immer noch nicht sicher, aber er wusste, dass dieser Tag etwas in ihm verändert hatte.

Julian fuhr Erik nach Hause, beide in nachdenklicher Stimmung. «Danke für den großartigen Tag», sagte Erik, als er ausstieg.

«Ich hatte auch eine tolle Zeit», antwortete Julian. «Lass uns bald wieder etwas zusammen machen.»

Eriks Herz klopfte ihm bis zum Hals. Er überlegte tatsächlich, sich zu Julian zu beugen und ihn zu küssen. Doch im letzten Moment traute er sich dann doch nicht.

Er nickte und schloss die Autotür. Als er in seine Wohnung ging, spürte er eine Mischung aus Hoffnung und Unruhe. Was bedeutete dieser Tag für die Zukunft? War er bereit, die nächsten Schritte zu gehen?

Kapitel 6

Erik stand in der verlassenen Werkstatt, verloren in Gedanken über Julian, als Sophie leise eintrat. Ihr Gesichtsausdruck war ernst, besorgt, als sie sich ihm näherte. «Erik, können wir reden? Es ist wichtig.»

In dem kleinen Pausenraum saßen sie sich gegenüber. Sophies Augen waren fest auf Erik gerichtet, als sie begann. «Erik, ich weiß über die Probleme der Werkstatt Bescheid. Ich… ich möchte helfen.»

Erik sah sie überrascht an. «Helfen? Wie meinst du das, Sophie?»

Sie atmete tief durch, als ob sie sich auf etwas Großes vorbereitete. «Meine Eltern würden die Werkstatt finanziell unterstützen. Aber unter einer Bedingung.» Sie zögerte, dann nahm sie all ihren Mut zusammen. «Ich möchte, dass du mich heiratest, Erik.»

Erik erstarrte. «Heiraten? Sophie, das…
das kann ich nicht.»

Sophies Augen füllten sich mit einer
Mischung aus Hoffnung und Verzweiflung. «Ich weiß, dass das viel verlangt
ist. Aber ich… ich habe Gefühle für
dich, Erik. Schon seit langem. Das hier
könnte eine Lösung für uns alle sein.»

Erik spürte, wie sich sein Herz verkrampfte. Sophie war eine Freundin,
eine Kollegin, aber seine Gefühle waren
bei Julian. «Sophie, ich… das ist nicht
fair. Weder dir gegenüber noch mir.»

«Bitte, Erik», flehte sie, ihre Stimme zitternd. «Betrachte es als eine Vereinbarung. Wir retten die Werkstatt, und…
und vielleicht könnten wir lernen,
einander zu lieben.»

Erik stand auf, sein Geist ein Wirbelsturm aus Emotionen. Er war hin- und
hergerissen zwischen der Verzweiflung,
die Werkstatt zu retten,und der
Unmöglichkeit, Sophie das zu geben,
was sie wollte.

«Ich… ich muss darüber nachdenken», stammelte er und verließ hastig den Raum.

Sophie, die schon immer ein Auge auf Erik geworfen hatte, fand sich zunehmend in einem Konflikt zwischen ihren eigenen Gefühlen und dem Wunsch, die Werkstatt zu retten. Sie hatte Erik seit ihrer Kindheit gekannt, da ihre Eltern eng mit Herrn Schmidt befreundet waren. Ihre Bewunderung für Erik war im Laufe der Jahre zu einer stillen Liebe herangewachsen. Doch ihre Versuche, ihm näherzukommen, waren bisher von Schüchternheit und Unsicherheit geprägt. Sophies Entscheidung, ein radikales Angebot zu machen, war ein verzweifelter Versuch, sowohl ihre persönlichen Gefühle als auch ihre Sorge um die Werkstatt in Einklang zu bringen.

Die frische Luft draußen fühlte sich für Erik wie eine Befreiung an, aber seine Gedanken waren gefangen. Die Last von Sophies Angebot drückte schwer auf ihm. Er konnte ihre Werkstatt retten, aber um welchen Preis? Konnte er wirklich eine Ehe eingehen, basierend auf einer Notwendigkeit, nicht auf Liebe?

Er schlenderte ziellos durch die Straßen, jeder Schritt schwer von dem Gewicht seiner Entscheidung. Er dachte an Julian, an die Momente, die sie geteilt hatten, und an die Hoffnung, die in ihm gewachsen war. Konnte er das alles aufgeben?

Der Mond stieg am Himmel auf, und Erik fand sich in einem kleinen Park wieder, auf einer Bank sitzend, allein mit seinen Gedanken. Eine Ehe mit Sophie könnte die Werkstatt retten, aber es würde sein Herz kosten. War er bereit, diesen Preis zu zahlen?

Erik saß in seiner spärlich eingerichteten Wohnung, die Morgenstrahlen fielen bleich durch die halbgeöffneten Vorhänge. Die Nacht war lang und schlaflos gewesen, seine Gedanken kreisten unaufhörlich um Sophies Angebot. Die Stille der Wohnung spiegelte seine innere Leere wider.

Er stand auf und ging ziellos durch die Räume, als würde er in jedem Winkel nach Antworten suchen. Die Werkstatt zu retten, bedeutete alles für ihn, aber der Preis, den Sophie forderte, fühlte sich wie ein Verrat an seinem Herzen an.

Später am Tag suchte Erik das Gespräch mit Thomas. Sie trafen sich in einer abgelegenen Ecke der Werkstatt, fern von neugierigen Blicken und Ohren.

«Sophie hat mir ein Angebot gemacht», begann Erik zögerlich. «Sie will die Werkstatt retten… aber dafür soll ich sie heiraten.»

Thomas' Augenbrauen schnellten nach oben. «Heiraten? Das kann sie doch nicht ernstgemeint haben.»

Erik seufzte. «Es scheint so. Ihre Familie könnte uns sofort aus den Schulden helfen. Aber ich… ich weiß nicht, ob ich das kann.»

Thomas legte eine Hand auf Eriks Schulter. «Hör zu, Mann. Ich verstehe, dass du die Werkstatt retten willst. Aber das hier ist dein Leben. Du kannst dich nicht für den Rest deines Lebens binden, nur um einen temporären Ausweg zu finden. Die Kleine spinnt. Die ist viel zu sehr daran gewöhnt, zu bekommen, was sie will und versucht jetzt auf diesem Weg, an dich ranzukommen. Lass das nicht zu.»

Eriks Blick wanderte ins Leere. «Was ist, wenn es die einzige Lösung ist? Was, wenn ich dadurch alle retten kann?»

«Und was ist mit dir?», erwiderte Thomas ernst. «Was ist mit deinen Gefühlen für Julian? Du kannst dich nicht selbst aufgeben, Erik.»

Die Worte hallten in Eriks Kopf nach, als er die Werkstatt verließ und durch die Stadt wanderte. Er dachte an Julian – an ihr Lachen im Biergarten, an die Tiefe ihrer Gespräche. Konnte er all das aufgeben? Konnte er sich selbst so stark belügen?

Die Menschen um ihn herum bewegten sich wie Schatten, unwirklich und entfernt. Erik fühlte sich verloren in einem Meer aus Zweifel und Angst. Sophies Angebot war wie ein Anker, der Sicherheit versprach, aber zu einem Preis, der seine Seele kosten könnte.

Als der Tag dem Abend wich, fand sich Erik in einem kleinen Park wieder, auf einer einsamen Bank sitzend. Er blickte auf den trüben Teich vor ihm, in dem sich die letzten Sonnenstrahlen brachen. Das Wasser war ruhig, doch in seinem Herzen tobte ein Sturm.

Er musste eine Entscheidung treffen – eine Entscheidung zwischen dem, was richtig, und dem, was leicht war. Zwi-

schen der Rettung der Werkstatt und
der Treue zu seinem eigenen Herzen.
Es war eine Wahl, die sein ganzes
Leben bestimmen würde.

Am nächsten Morgen klopfte Erik zögerlich an die Tür von Herrn Schmidts Büro. «Herr Schmidt, haben Sie einen Moment Zeit?»

Herr Schmidt, ein Mann mit einer ruhigen Ausstrahlung und einem freundlichen Lächeln, blickte auf. «Natürlich, Erik. Komm herein.»

Sie setzten sich, und Erik begann zögerlich: «Es gibt ein Angebot, das die finanzielle Situation der Werkstatt lösen könnte, aber…» Er stockte, unsicher, wie er fortfahren sollte.

Herr Schmidt nickte ermunternd, und Erik erzählte ihm von Sophies Vorschlag. Als er endete, war sein Blick gesenkt, erwartungsvoll und ängstlich zugleich.

Herr Schmidt blickte Erik nachdenklich an. «Erik, ich habe dich wie meinen eigenen Sohn angesehen, seit du das erste Mal hierhergekommen bist. Ich würde lieber die Werkstatt verkaufen, als dich unglücklich zu sehen.»

Erik blickte überrascht auf. «Aber die Werkstatt…»

Herr Schmidt unterbrach ihn. «Die Werkstatt ist wichtig, ja. Aber nicht so wichtig wie das Glück der Menschen, die sie ausmachen. Lass den Quatsch mit Sophie. Das Mädchen ist vielleicht verliebt, aber sowas ist doch keine Lösung.»

Erik nickte. Sein Chef hatte ja Recht. Und doch … fühlte er sich verantwortlich. Herr Schmidt war immer für ihn da. Wie konnte er ihn da jetzt im Stich lassen?

Kapitel 7

Julian machte sich mit gemischten Gefühlen auf den Weg zur Werkstatt. Die Unsicherheit nagte an ihm, während er darüber nachdachte, wie er das Gespräch mit Erik beginnen sollte. Dieser hatte sich seit Tagen nicht mehr bei ihm gemeldet und auch nicht auf Nachrichten reagiert.

Er trat in die Werkstatt ein, die Gedanken kreisten um Erik und die drängenden Fragen, die er ihm stellen wollte. Doch anstelle von Erik fand er Sophie, die an einem Tisch saß, umgeben von Hochzeitsmagazinen.

«Sophie?», fragte Julian vorsichtig. «Wo ist Erik?»

Sophie sah auf und ihr Gesicht erhellte sich sofort. «Oh, Julian! Du wirst es nicht glauben, aber Erik und ich… wir heiraten!»

Julian erstarrte. «Heiraten?», wiederholte er, seine Stimme kaum mehr als ein Flüstern.

«Ja!», strahlte Sophie. «Es ist alles so perfekt. Wir planen gerade die Hochzeit. Ich hätte nie gedacht, dass ich so schnell den perfekten Mann finden würde.»

Für Julian fühlte sich der Raum an, als würde er sich drehen. «Erik hat dir einen Antrag gemacht?», fragte er, während er mühsam versuchte, seine Fassung zu bewahren.

«Na ja, es war mehr eine beidseitige Entscheidung», erklärte Sophie fröhlich. «Wir wissen beide, dass es das Beste für uns ist. Ich kann es kaum erwarten, seine Frau zu werden.»

Julian nickte mechanisch, sein Herz schlug schwer. «Das ist… überraschend. Sag Erik bitte, dass ich hier war.»

Ohne ein weiteres Wort verließ Julian die Werkstatt. Draußen, unter dem offenen Himmel, nahm er tiefe Atemzüge, um die aufkommende Panik zu beruhigen. Die Nachricht von Sophies und Eriks Hochzeit ließ ihn an allem zweifeln, an Eriks Gefühlen, an ihren gemeinsamen Momenten, an der Zukunft, die er sich heimlich erhofft hatte.

Sophie blickte ihm nach, immer noch lächelnd, in Gedanken bei der bevorstehenden Hochzeit und all ihren Träumen, die bald wahr werden sollten.

Sophie, die in einem wohlhabenden, aber emotional distanzierten Elternhaus aufgewachsen war, hatte oft nach einer tieferen Verbindung und einem Sinn in ihrem Leben gesucht. Ihre Gefühle für Erik waren teilweise durch die Sehnsucht nach einer Welt außerhalb ihres privilegierten, aber einschränkenden Umfelds motiviert. In ihrer stillen Art hatte sie oft beobachtet, wie Erik und die anderen Mechaniker mit Leidenschaft und Gemeinschaftssinn arbeiteten, etwas, das ihr in ihrem eigenen Leben fehlte.

Ihr Vorschlag, Erik zu heiraten, war nicht nur ein Versuch, ihre Gefühle auszudrücken, sondern auch ein Ausdruck ihrer Suche nach Zugehörigkeit und Bedeutung. Sie war zu sehr in ihrer eigenen Welt gefangen, um zu erkennen, welche Wirkung ihre Worte auf Julian hatten.

Julian ging langsam die Straße entlang, sein Geist ein Wirrwarr aus Emotionen. Jeder Schritt fühlte sich schwerer an als der letzte. Das Bild von Erik und Sophie zusammen, als Ehepaar, brannte sich in sein Gedächtnis. Es war, als hätte jemand eine Tür direkt vor ihm geschlossen, hinter der sich all seine Hoffnungen befunden hatten.

Erik trat in die stillen Hallen der Werkstatt, noch immer belastet von den Ereignissen des Vortags. Kaum hatte er einen Fuß hineingesetzt, kam Sophie aufgeregt auf ihn zu. Ihr Gesicht strahlte, als sie von ihrem Gespräch mit Julian erzählte, von ihrer bevorstehenden Hochzeit. Eriks Herz sank. Er hatte nie einer Hochzeit zugestimmt, und Sophies Enthüllung ließ ihn innerlich erstarren.

«Sophie, ich habe nie zugestimmt, dich zu heiraten», sagte Erik, seine Stimme ein ruhiges, aber festes Zittern. «Das war nie mein Plan.»

Sophies Lächeln verblasste. Ihre Augen, eben noch voller Freude, füllten sich mit Verwirrung und Enttäuschung. «Aber Erik, ich dachte…»

«Du hast etwas vorausgesetzt, was nie zur Debatte stand», unterbrach Erik sie. «Wir können nicht aus den falschen Gründen heiraten. Das wäre nicht fair – weder dir gegenüber noch mir.»

Währenddessen saß Julian bei Lena, verloren in einer Flut von Emotionen. Er fühlte sich verraten, verwirrt, und das Gewicht seines gebrochenen Herzens drückte schwer auf ihm.

«Habe ich die Zeichen so missverstanden? Es hat zwischen uns gefunkt, Lena, ich bin mir dessen so sicher!»

«Du musst mit ihm persönlich sprechen, Julian. Du bist doch sonst immer so mutig. Trau dich und geh auf ihn zu. Vielleicht war die Hochzeit ja schon geplant, bevor ihr euch kennengelernt habt, und er muss sich seiner Gefühle erst einmal bewusst werden? Wenn er so hetero ist, wie er auf dich gewirkt hat, dann fällt ihm das alles bestimmt auch schwer.»

Mit schwerem Herzen und einem festen Entschluss machte sich Julian erneut auf den Weg zur Werkstatt. Als er eintrat, sah er Erik und Sophie gerade ihr Gespräch beenden. Erik wirkte schuldig, die Spuren eines inneren Kampfes deutlich in seinem Gesicht.

«Erik, wir müssen reden», sagte Julian, seine Stimme fest, doch zitternd vor unterdrückter Emotion.

Erik nickte und wandte sich an Sophie. «Kannst du uns bitte einen Moment allein lassen?»

Sophie verließ das Zimmer, ihre Schritte waren langsam, ihre Verwirrung deutlich sichtbar. Als die Tür hinter ihr ins Schloss fiel, standen Julian und Erik einander in einem Moment der Stille gegenüber.

«Ist es wahr? Heiratest du Sophie?», fragte Julian, seine Stimme zitterte leicht vor unterdrückter Anspannung.

Erik schüttelte den Kopf, sein Blick ernst und aufrichtig. «Nein, Julian, das ist nicht wahr. Sophie hat da etwas missverstanden. Oder vielleicht wollte sie es so verstehen.»

Julians Augenbrauen hoben sich fragend. «Missverstanden? Wie meinst du das?»

Erik atmete tief durch, als er begann, die ganze Geschichte zu erklären. «Sophie hat mir ein Angebot gemacht, um die Werkstatt zu retten. Ihre Familie könnte uns aus den finanziellen Schwierigkeiten helfen, aber sie wollte im Gegenzug, dass… dass ich sie heirate.»

«Sie heiraten, um die Werkstatt zu retten?», wiederholte Julian ungläubig.

«Ja», sagte Erik leise. «Ich war verzweifelt, Julian. Ich wusste nicht, was ich tun sollte. Die Werkstatt ist alles, was ich habe, alles, was ich kenne. Aber dann, als Sophie dir davon erzählte, als ob es schon beschlossene Sache wäre, wurde mir klar, dass ich das nicht kann. Nicht auf diese Weise.»

«Also hast du nie ja gesagt?», fragte Julian, seine Stimme ein Hauch hoffnungsvoller.

«Nein, das habe ich nicht», bekräftigte Erik. «Ich konnte es nicht. Ich… ich habe Gefühle für dich, Julian. Und ich kann und will sie nicht ignorieren, nicht einmal für die Werkstatt.»

Julian nickte langsam, während er Eriks Worte verarbeitete. Die Erleichterung, die sich in ihm ausbreitete, war fast überwältigend, gemischt mit einer neuen Welle von Zuneigung für Erik.

«Was wirst du jetzt tun?», fragte Julian schließlich.

Erik sah ihn direkt an. «Ich weiß es nicht. Aber ich weiß, dass ich die Wahrheit leben muss. Ich kann keine Lügen leben, nicht mit dir und nicht mit mir selbst.»

Kapitel 8

In der ruhigen Atmosphäre der Werkstatt, umgeben von den Geräuschen von Werkzeugen und Motoren, fanden sich Erik und Julian zu einem entscheidenden Gespräch zusammen. Nachdem die Wahrheit ans Licht gekommen war, saßen sie nun da, entschlossen, gemeinsam einen Weg aus der Krise zu finden.

«Wir können das schaffen, Erik», sagte Julian, seine Stimme voller Zuversicht. «Wir müssen kreativ sein, neue Wege finden.»

Erik nickte, ermutigt durch Julians Optimismus. «Ich habe an eine Crowdfunding-Kampagne gedacht. Vielleicht eine Veranstaltung, um die Gemeinschaft einzubeziehen. Die Werkstatt bedeutet vielen hier etwas.»

Julian lächelte. «Das ist eine großartige Idee. Und ich kann helfen. Ich kann eine Kampagne gestalten, die

Geschichte der Werkstatt erzählen. Wir könnten sogar ein Benefiz-Event veranstalten.»

Gemeinsam beugten sie sich über die Pläne und Entwürfe, die sie über den Tisch in der Werkstatt ausbreiteten. Ihre Finger berührten sich flüchtig, als sie nach demselben Stift griffen, und ein unerwartetes Knistern durchzog den Raum. Erik zog schnell seine Hand zurück, aber sein Herz klopfte heftiger. Er warf Julian einen kurzen Blick zu und bemerkte ein leichtes Lächeln auf dessen Lippen.

Während sie ihre Strategien diskutierten, lehnte Julian sich manchmal vor, um etwas auf einem der Papiere zu zeigen. Bei jeder dieser Bewegungen strömte eine leichte Wärme von ihm aus, die Erik fühlte, als würde sie die Luft zwischen ihnen elektrisieren. Es war ein subtiles, aber unverkennbares Gefühl, das Erik dazu brachte, sich noch mehr auf die gemeinsame Aufgabe zu konzentrieren, um seine aufkommende Aufregung zu unterdrücken.

Die Tage vergingen, und ihre Beziehung entwickelte sich auf natürliche Weise weiter. Sie verbrachten Abende zusammen, manchmal in der Werkstatt, manchmal bei einem gemeinsamen Essen in einem kleinen, lokalen Restaurant. Während dieser Mahlzeiten gab es Momente, in denen ihre Blicke sich trafen und länger als nötig verweilten, gefüllt mit unausgesprochenen Worten und Gefühlen.

An einem kühlen Abend, als sie zusammen auf der Veranda von Julians Wohnung saßen, reichte Erik ihm eine Tasse Tee. Ihre Finger berührten sich, und dieses Mal zögerte keiner von ihnen, die Berührung zu lösen. Ihre Augen trafen sich, und für einen Moment schien die Zeit stillzustehen. Eriks Herz klopfte so laut, dass er sicher war, Julian könnte es hören.

Julian brach schließlich das Schweigen. «Erik, es gibt etwas Besonderes an dem, was zwischen uns passiert», sagte er leise, seine Stimme trug eine Mischung aus Hoffnung und Unsicherheit.

Erik nickte, unfähig, Worte zu finden. Alles, was er fühlen konnte, war das warme Flattern in seiner Brust, ein Gefühl der Vollständigkeit, das er nie für möglich gehalten hätte.

Julian setzte seine Tasse ab und wandte sich Erik zu, sein Blick ernst, aber voller Wärme. «Erik, es gibt etwas, das ich schon lange tun möchte.» Seine Stimme war leise, fast flüsternd.

Erik sah ihn fragend an, sein Herzschlag beschleunigte sich. In Julians Augen sah er eine Tiefe von Gefühlen, die er selbst zu fühlen begann. Ohne ein weiteres Wort zu sagen, beugte sich Julian langsam vor. Erik spürte, wie sich seine eigenen Augen schlossen, geleitet von einem tiefen, inneren Impuls.

Ihre Lippen trafen sich in einem sanften, zögerlichen Kuss. Es war ein Moment der Offenbarung, ein sanftes Versprechen, das mehr sagte als tausend Worte. Erik erwiderte den Kuss, eine Welle der Wärme durchströmte ihn. Es fühlte sich richtig an, natürlich, als ob alle Puzzleteile ihres Lebens plötzlich an den richtigen Platz fielen.
Sie lösten sich voneinander, ihre Augen trafen sich erneut, diesmal voller neuer Erkenntnisse und unausgesprochener Versprechen. In diesem Kuss hatten sie beide etwas gefunden, das tiefer ging als bloße Worte – eine Verbindung, die beide auf eine Weise berührte, die sie nie für möglich gehalten hätten.
Julian lächelte, seine Augen strahlten im Mondlicht. «Erik, ich…»
Erik legte seinen Finger sanft auf Julians Lippen. «Du musst nichts sagen. Ich fühle es auch.»
Sie saßen noch eine Weile schweigend da, die Nähe und die neu entdeckte

Intimität zwischen ihnen genießend. Die Welt um sie herum schien stillzustehen, während sie in diesem Moment der Zweisamkeit gefangen waren, einem Moment, der den Beginn von etwas Wunderbarem markierte.

Erik fühlte sich belebt, nicht nur durch die Hoffnung, die Werkstatt zu retten, sondern auch durch die neue Beziehung zu Julian. Es war, als hätte er einen Teil von sich selbst entdeckt, von dem er nicht wusste, dass er ihn vermisst hatte.

Unterdessen setzte Julian seine Fähigkeiten ein, um die Geschichte der Werkstatt in sozialen Medien zu teilen. Seine Beiträge, die von Herzen kamen und von der Bedeutung der Werkstatt erzählten, gewannen schnell Aufmerksamkeit und Unterstützung aus der Gemeinschaft.

Als Erik und Julian eines Abends zusammen die Reaktionen auf ihre Kampagne durchsahen, konnte Erik nicht anders, als Julian dankbar anzulächeln. «Ohne dich wäre das alles nicht möglich gewesen», sagte er.

Julian erwiderte das Lächeln. «Wir sind ein gutes Team», antwortete er. «Und wer weiß, was die Zukunft noch für uns bereithält.»

In der kühlen Frühmorgendämmerung planten Erik und Julian das bevorstehende Benefiz-Event, das nicht nur Spenden bringen, sondern auch die Herzen der Gemeinschaft für die Werkstatt gewinnen sollte. Sie standen vor einer Karte der Stadt, auf der sie mögliche Orte und Unterstützer markierten.

«Wir könnten hier eine Bühne aufbauen», schlug Julian vor, auf einen zentralen Platz in der Stadt zeigend. «Live-Musik, Essensstände, vielleicht sogar eine kleine Autoausstellung.»

Erik nickte zustimmend. «Das klingt gut. Aber wir müssen die Leute überzeugen, dass es sich lohnt, zu kommen und zu spenden.»

Während sie ihre Pläne weiter ausarbeiteten, traten sie gelegentlich auf Schwierigkeiten. Einige lokale Geschäfte waren skeptisch, andere sorgten sich um die Konkurrenz. Doch mit jeder Herausforderung wuchsen sie enger zusammen, fanden neue Wege, um Widerstände zu überwinden.

Ihre Beziehung blühte in diesen Momenten der Zusammenarbeit auf. Sie teilten nicht nur die Last der Herausforderungen, sondern auch die kleinen Siege. Jeder Erfolg, jeder Schritt vorwärts, brachte sie einander näher.

Doch nicht alles lief reibungslos. Eines Tages tauchte Sophie in der Werkstatt auf, um mit Erik zu sprechen. Ihre Augen waren traurig, aber auch ein wenig vorwurfsvoll. «Erik, warum? Warum hast du unsere Pläne so abrupt geändert?», fragte sie.

Erik sah sie direkt an. «Sophie, es war nie meine Absicht, dich zu verletzen.

Aber ich kann nicht gegen mein Herz handeln. Es wäre nicht richtig.»

Julian beobachtete das Gespräch aus der Ferne, bereit einzugreifen, falls nötig. Doch als er sah, wie Erik die Situation mit Anstand und Ehrlichkeit handhabte, wusste er, dass Erik seinen Weg gefunden hatte.

Das Benefiz-Event für die Werkstatt begann an einem warmen Nachmittag. Der zentrale Platz der Stadt war lebendig mit Musik, lachenden Menschen und dem Duft von frisch zubereitetem Essen. Erik und Julian hatten jede Ecke des Platzes genutzt, um eine einladende Atmosphäre zu schaffen.

Herr Schmidt stand an der Seite, ein Lächeln auf dem Gesicht, als er sah, wie die Gemeinschaft zusammenkam. «Ich hätte nie gedacht, dass ich so etwas noch erleben darf», sagte er zu Thomas, der neben ihm stand und zustimmend nickte.

«Sieh dir die beiden an», sagte Thomas, mit einem Kopfnicken in Richtung Erik und Julian. «Sie haben wirklich etwas Großartiges auf die Beine gestellt.»

Die Live-Musik setzte ein, eine lokale Band spielte, und die Menschen begannen zu tanzen. Julian, der sich um das Marketing gekümmert hatte, beobachtete erfreut, wie die Menschen ihre Handys zückten, um Fotos zu machen und sie in sozialen Medien zu teilen.

Unter den Gästen waren auch Sophies Eltern, die im Nachhinein von den Aktionen ihrer Tochter erfahren hatten. Sie traten ruhig und unauffällig auf, doch ihre Präsenz war bedeutungsvoll. Gegen Ende des Abends näherten sie sich Erik.

«Wir möchten uns entschuldigen für das, was unsere Tochter getan hat», begann Sophies Mutter, ihre Stimme von aufrichtigem Bedauern geprägt.

«Wir hatten keine Ahnung von ihren Plänen.»

Ihr Vater reichte Erik einen Umschlag. «Wir möchten einen Beitrag leisten, um die Werkstatt zu unterstützen. Es ist uns eine Ehre, Teil dieser wunderbaren Gemeinschaft zu sein.»

Erik war sprachlos, als er den Umschlag öffnete und eine großzügige Spende entdeckte. «Vielen Dank», sagte er, tief berührt von ihrer Geste.

Als die Sonne unterging und die Lichter überall auf dem Platz angingen, fühlte sich der Abend magisch an. Erik und Julian standen nebeneinander, Hand in Hand, und blickten auf die fröhliche Menge.

«Schau, was wir erreicht haben», flüsterte Julian.

«Ja», antwortete Erik. «Zusammen.»

Nach dem erfolgreichen Benefiz-Event war die Stimmung in der Werkstatt spürbar aufgeladen. Die Gemeinschaft hatte sich zusammengeschlossen, und dank ihrer Großzügigkeit war die finanzielle Zukunft der Werkstatt nun gesichert. Erik und Herr Schmidt standen vor einer großen Karte an der Wand, auf der sie Pläne für die zukünftige Entwicklung der Werkstatt skizzierten.

«Wir könnten hier eine neue Lackiererei einrichten», schlug Erik vor, während er auf einen Bereich der Werkstatt zeigte.

Herr Schmidt nickte zustimmend. «Und hier, vielleicht eine erweiterte Kundenlounge. Wir sollten den Leuten zeigen, dass ihre Unterstützung etwas bewirkt hat.»

Währenddessen genossen Erik und Julian die Stärke ihrer gewachsenen Beziehung. Sie hatten gemeinsam einen Sturm durchlebt und waren nun fester denn je verbunden. Ihre gemeinsamen Abende waren gefüllt mit Gesprächen über die Zukunft, über Träume, die sie nun gemeinsam verwirklichen wollten.

In einem ruhigen Moment, als sie zusammen in der kleinen Kaffeepause-Ecke der Werkstatt saßen, blickte Julian Erik tief in die Augen. «Weißt du, ich hätte nie gedacht, dass wir hier enden würden», sagte er sanft.

Erik lächelte. «Ich auch nicht. Aber ich bin froh, dass wir es getan haben.»

Auch Sophie spielte eine Rolle in diesem neuen Kapitel. Sie trat an einem Nachmittag in die Werkstatt, sichtlich nervös. Erik, der gerade an einem Auto arbeitete, legte sein Werkzeug beiseite, als er sie sah.

«Erik, ich… ich möchte mich entschuldigen», begann sie. «Für alles. Ich habe realisiert, dass ich zu weit gegangen bin.»

Erik hörte ihr zu, seine Haltung offen und vergebend. «Sophie, ich verstehe.

Ich hoffe, du findest, wonach du suchst.»

Sophie nickte und verließ die Werkstatt.

Als die Abendsonne durch die großen Fenster der Werkstatt schien, füllte sich der Raum allmählich mit den Menschen, die das Herzstück dieses Ortes bildeten. Die Belegschaft der Werkstatt und einige enge Freunde und Unterstützer hatten sich versammelt, um gemeinsam die jüngsten Erfolge zu feiern.

Überall im Raum hörte man das Klingen von Gläsern, Gelächter und lebhafte Gespräche. Thomas scherzte mit ein paar jüngeren Mechanikern, während Herr Schmidt, umgeben von einer kleinen Gruppe, Anekdoten aus der Frühzeit der Werkstatt erzählte. Die Stimmung war ausgelassen und fröhlich, ein Gefühl der Erleichterung und des Stolzes lag in der Luft.

Inmitten des Trubels standen Erik und Julian, ihre Hände fest ineinander verschlungen. Sie beobachteten die Szenerie mit einem Gefühl tiefer Zufriedenheit. Erik spürte, wie sich sein Herz beim Anblick seiner Kollegen und Freunde, die sich so freuten und entspannten, mit Stolz und Dankbarkeit füllte.

«Sieh dir das an, Julian», sagte Erik, seine Stimme voller Bewunderung. «All diese Menschen… sie sind hier wegen uns, wegen der Werkstatt.»

Julian nickte, sein Blick wanderte durch den Raum. «Wir haben das zusammen geschafft, Erik. Mit allen hier.» Sein Blick kehrte zu Erik zurück, und in seinen Augen lag ein tiefer Ausdruck von Liebe und Verbundenheit.

Erik drückte Julians Hand fester. «Ich hätte das niemals ohne dich geschafft. Du hast mir gezeigt, was möglich ist, wenn man an etwas glaubt und dafür kämpft.»

In diesem Moment trat Herr Schmidt zu ihnen, ein breites Lächeln auf

seinem Gesicht. «Ihr beiden habt etwas
Wunderbares geleistet. Diese Werkstatt
ist nicht nur ein Ort der Arbeit, sondern
auch ein Symbol für Gemeinschaft und
Zusammenhalt. Und dafür danke ich
euch.»

Epilog

Einige Jahre waren vergangen, seit Erik und Julian die Werkstatt vor dem drohenden Untergang gerettet hatten. Die Werkstatt war nicht nur gerettet worden, sondern hatte sich auch zu einem florierenden Unternehmen entwickelt. Unter Eriks Leitung hatte sie sich zu einem wichtigen Bestandteil der Gemeinschaft und einem Symbol für Hingabe und Qualität entwickelt.

Erik stand jetzt an der Spitze der Werkstatt, eine Position, die er mit Stolz und Hingabe ausfüllte. Unter seiner Führung hatte die Werkstatt moderne Technologien eingeführt und bot Ausbildungsprogramme für junge Mechaniker an. Sein Erfolg war nicht nur in den Bilanzen sichtbar, sondern auch in den dankbaren Gesichtern der Kunden und Mitarbeiter.

Julian hatte inzwischen seine Leidenschaft für das Schreiben in eine erfolgreiche Karriere verwandelt. Seine Bücher, eine Mischung aus Fantasy und Science-Fiction, waren zu Bestsellern geworden und hatten ihm eine treue Leserschaft verschafft. Er hatte es geschafft, seine Träume zu verwirklichen, und war dabei, die Welt mit seinen Geschichten zu bereichern.

Trotz ihres beruflichen Erfolgs hatten beide Männer nie die Wichtigkeit ihrer Beziehung aus den Augen verloren. Sie lebten nun zusammen in einem gemütlichen Haus am Stadtrand, umgeben von einem kleinen Garten, in dem sie die ruhigen Abende und Wochenenden genossen.

An einem warmen Sommerabend saßen Erik und Julian auf ihrer Veranda, umgeben von der friedlichen Stille. «Weißt du noch, wie alles begann?», fragte Erik, während er Julians Hand hielt.

Julian lächelte. «Wie könnte ich das vergessen? Es war der Beginn des schönsten Kapitels meines Lebens.»

Sie blickten in den Sternenhimmel, der sich über ihnen ausbreitete, ein unendliches Feld von Möglichkeiten und Träumen. Ihre Reise war von Herausforderungen und Unsicherheiten geprägt gewesen, aber sie hatten sie gemeinsam gemeistert.

«Ich bin so dankbar für alles, was wir zusammen erreicht haben», sagte Erik. «Für die Werkstatt, für unsere Beziehung, für dieses wunderbare Leben.»

«Und das Beste ist», fügte Julian hinzu, «dass unsere Geschichte noch lange nicht zu Ende ist.»